AF460473

1895 - Avril - 8

VENTE

Des Lundi 8 et Mardi 9 Avril 1895

HOTEL DROUOT, SALLE N° 1

A DEUX HEURES 1/4

BELLES

TAPISSERIES

DES XVII° ET XVIII° SIÈCLES

d'Aubusson et de Bruxelles

OBJETS D'ART & D'AMEUBLEMENT

BRONZES, MARBRES, PORCELAINES

MEUBLES ANCIENS ET MODERNES

DENTELLES, BIJOUX, MINIATURES

Etoffes anciennes — Tableaux

M° Georges DUCHESNE
Commissaire-Priseur
6, Rue de Hanovre, 6

M. A. BLOCHE
Expert
28, Rue de Châteaudun, 28

EXPOSITION PUBLIQUE

Le Dimanche 7 Avril 1895

DE 2 HEURES A 5 HEURES 1/2

IMPRIMERIE ARTISTIQUE

E. MÉNARD & Cie

Bureaux et Ateliers : Paris — 8, Rue Milton

CATALOGUE
DE
BELLES TAPISSERIES
Des XVIIe et XVIIIe Siècles

d'AUBUSSON & de BRUXELLES

OBJETS D'ART & D'AMEUBLEMENT

Bronzes, Marbres, d'Hippolyte MOREAU

PORCELAINES DE SÈVRES, SAXE, CHINE ET JAPON

MEUBLES ANCIENS & MODERNES

Bel ameublement de Salle à manger, style Renaissance
Autres de Salons et Chambres à coucher

Consoles, Canapés, Guéridons, Fauteuils, Armoires
Commodes, Encoignures, Bahuts, Glaces

BIJOUX, ARGENTERIE, MINIATURES

OBJETS DE VITRINE

DENTELLES & ÉTOFFES ANCIENNES

TABLEAUX

TENTURES — TAPIS

DONT LA VENTE AURA LIEU

HOTEL DROUOT, SALLE N° 1

Les Lundi 8 et Mardi 9 Avril 1895, à 2 h. 1/4

M^E G. DUCHESNE	**M. A. BLOCHE**
Commissaire-priseur	Expert près la Cour d'Appel
6, Rue de Hanovre, 6	28, Rue de Châteaudun, 28

EXPOSITION PUBLIQUE

Le Dimanche 7 Avril 1895, de 2 h. à 5 h. 1/2

CONDITIONS DE LA VENTE

La vente sera faite *expressément* au comptant.

Les acquéreurs payeront en sus des adjudications *cinq pour cent.*

L'exposition mettant le public à même de se rendre compte de l'état des objets, il ne sera admis aucune réclamation une fois l'adjudication prononcée.

Paris. — Imp. E. Ménard & Cie, 8, rue Milton.

DENTELLES ANCIENNES

1 — Six mètres en applications d'Angleterre.

2 — Quatre mètres en application d'Angleterre hauteur o m. 10.

3 — Trois barbes et un fichu en application d'Angleterre.

4 — Fichu en application d'Angleterre.

5 — Huit mètres en point à l'aiguille.

6 — Dix mètres cinquante en application d'Angleterre sur o m. 35.

7 — Dix mètres vingt en application d'Angleterre sur 0 m. 18.

8 — Pointe en application.

9 — Six coupes en point d'Alençon.

10 — Un mètre dix en point d'Alençon.

11 — Deux mètres quatre-vingt-quinze en point d'Alençon.

12 — Fichu en vieille guipure.

13 — Onze coupes en application et Alençon.

14 — Col en guipure de Venise.

15 — Un mètre vingt de guipure de Venise en deux coupes.

16 — Col de Venise au lacet.

17 — Col et deux manchettes en Venise.

18 — Quatre coupes de Valenciennes.

19 — Col de Venise.

20 — Une barbe de Venise.

21 — Col en guipure.

22 — Six mouchoirs brodés.

23 — Mouchoir en application.

24 — Deux mouchoirs de Valenciennes.

25 — Six mètres de Chantilly.

26 — Quatre morceaux de pointes et voilettes.

27 — Huit mètres cinquante de Chantilly, hauteur o m. 35.

28 — Une pointe de Chantilly.

29 — Quatre mètres de Chantilly.

30 — Volants de Chantilly, huit mètres soixante sur o m. 35.

31 — Fichu de Chantilly.

32 — Mantelet et trois coupes de Chantilly.

33 — Grande quantité de dentelles en imitation. (Sera divisée).

34 — Deux chales des Indes.

35 — Une sortie de bal.

36 — Lot de velours noir.

ÉTOFFES & BRODERIES

37-39 — Trois grandes et belles tentures en satin fond jaune, fond rouge et fond vert richement brodé, à chimère, au Dragon impérial, à paysages, oiseaux et fleurs en soie de diverses nuances et or, fonds semés de paillettes, bandeaux en haut de différentes couleurs. Travail chinois.

40 — Grande tenture en drap rouge, brodé de soie de diverses nuances, fond pailleté, représentant des chimères dans des paysages animés d'oiseaux.

41 — Très belle et large écharpe, ou robe de Princesse indienne, en crêpe de Chine noire, richement brodé à semis de fleurs et d'oiseaux, bordure à dessin fin.

42 — Belle et grande écharpe de mahrajah, fond rouge tissé d'or, bordure tissée de soie.

43 — Coupe de drap d'or, fond rouge. Travail indien pour écharpe ou pour robe princière.

44-46 — Douze écharpes ou robes de princesses indiennes, en soierie rayée et tissée de différents tons. (Sera divisé).

47-50 — Lot de pièces, morceaux, tapis de prières, etc., en ancienne soierie et étoffe brochée et brodée. (Sera divisé).

TAPISSERIES

51 — Jolie tapisserie d'Aubusson du XVIIIe siècle, représentant des débardeurs embarquant des tonneaux, un pêcheur tirant son filet, dans une rivière longeant une ville avec monuments et vue de la mer en perspective. Composition agréable. Exécutée sous la direction de PICON. Bordure a thyrse fleuri.

52 — Petit panneau d'entre-deux, en ancienne tapisserie d'Aubusson, représentant un jardinier, bordure à ornements.

53 — Tapisserie d'entre-deux, Aubusson XVIIIe siècle, *Paysanne portant des provisions dans un paysage.*

54 — Belle et grande tapisserie de Bruxelles, du XVIIe siècle, représentant une chasse à courre au cerf, composition de nombreux personnages, cavaliers, chiens et piqueurs dans un riant paysage boisé avec fontaine monumentale à droite devant laquelle sont assis Diane et ses suivants. Bordure à déchaînements de fleurs et d'ornements.

55 — Tapisserie d'Aubusson du XVIIe siècle, a personnages, scène de l'histoire, bordure à trophées guerriers.

56 — Tapisserie verdure avec bordure à fleurs et ornements.

57-59 — Trois tapisseries anciennes à personnages.

60 — Grande tapisserie verdure.

OBJETS D'ART
ET D'AMEUBLEMENT

61 — Bel ameublement de salle à manger. Style Renaissance, travail de Montfort, composé d'un buffet-dressoir d'aspect architectural avec fronton à voussures en noyer sculpté, une table carrée à coins arrondis, piétement à pilastres et balustres avec traverses et rallonges, et douze chaises couvertes en cuir frappé, bois de noyer, pieds cannelés.

62 — Suspension en cuivre nickelé. Style Renaissance, à une lampe et huit bougies, de GAGNEAU.

MEUBLES

63 — Canapé du temps de Louis XVI couvert en soie ancienne.

64 — Fauteuil du temps de Louis XVI couvert en soie ancienne.

65 — Guéridon ancien en acajou orné de cuivre.

66-67 — Deux consoles anciennes en acajou à dessus de marbre et à galerie.

68 — Quatre chaises Louis XIII couvertes en soie brochée.

69 — Fauteuil du temps de Louis XIV couvert en soie ancienne.

70 — Bois de fauteuil du temps de Louis XVI.

71 — Armoire bretonne ancienne.

72 — Autre armoire ancienne même style.

73 — Petit meuble de salon en bois sculpté Louis XV, laqué blanc et or, composé d'un canapé, deux fauteuils et deux chaises. Les bois des fauteuils et chaises sont anciens.

74 — Ameublement de salle à manger style Renaissance, buffet en noyer vitre dans le haut formant crédence à hauteur d'appui et fermant à deux portes dans le bas, six chaises couvertes en cuir et bois de noyer, table carrée à trois allonges.

75 — Suspension à neuf bougies et une lampe en cuivre poli.

76 — Plat de Delft ancien décor bleu.

77 — Lanterne de vestibule en cuivre.

78 — Appareil à douches.

79 — Divan oriental avec trois coussins couvert et deux fauteuils en karamanie, garnis de longues franges.

80 — Palanquin en cachemire bleu soutenu par deux lances.

81 — Pouf en peluche brodée à fleurs sur fond brun.

82 — Deux rideaux de Karamanie.

83 — Garniture de cheminée en porcelaine de Chine montée en bronze fumé et frotté.

84-85 — Deux tapis chemins orientaux.

86 — Grand tapis fond bleu à dessin genre oriental.

87 — Encoignure en bois de violette, dessus en marbre rouge. Epoque Louis XIV.

88 — Bel ameublement de salon en noyer sculpté couvert en velours de Gênes composé d'un canapé et quatre fauteuils. Style Louis XVI.

89 — Deux fauteuils en noyer sculpté couverts en velours de Gênes. Style Louis XVI.

90 — Bahut à deux portes en marqueterie. Style de Boule garni de bronzes.

91 — Lit de milieu et table de nuit en poirier noirci et sculpté. Style Louis XVI.

92 — Grande toilette en acajou.

93 — Armoire à glace en acajou.

94 — Guéridon acajou.

95 — Cartonnier en acajou.

96 — Quatre chaises en chêne clair foneé de canne.

97 — Deux paires de rideaux étoffe claire à bouquets de fleurs.

98 — Petite glace cadre boudin.

99 — Ameublement de salon en bois sculpté et noirci, couvert en tapisserie d'Aubusson à fleurs, fond grenat, composé d'un canapé, deux fauteuils et quatre chaises.

100 — Garniture de cheminée en marbre noir composée d'une pendule et deux coupes.

101 — Secrétaire en palissandre, dessus en marbre.

102 — Statuette en marbre : *Le Printemps,* de H. Moreau.

103 — Buste en marbre : *La Coquette* de H. Moreau.

104 — Statuette en bronze : *L'Automne*, de Stella.

105 — Deux bras d'applique en bronze ciselé et doré. Style Louis XVI.

106 — Paire de vases en porcelaine, monture en bronze.

107 — Groupe en bronze : *La Jeunesse*, de Math. Moreau.

108 — Deux statuettes en bronze argenté : *Matin* et *Soir*.

109 — Deux candélabres en bronze ciselé et doré. Style Louis XVI.

110 — Deux flambeaux en bronze. Style 1er Empire.

111 — Paire de girandoles à cinq lumières en bronze ciselé et doré. Style Louis XVI.

112 — Très jolie pendule en bronze ciselé et doré et marbre blanc, représentant *Flore* et l'*Amour*. Epoque Louis XVI.

113 — Paire de candélabres à figures d'amours portant des bouquets de lys en bronze doré. Style Louis XVI.

114 — Pendule Louis XVI forme monument couronnée de Colombes.

115 — Vase de Chine monture en bronze.

116 — Deux jardinières avec plateau, décor ajouré en porcelaine de Saxe.

117 — Jardinière de Saxe avec son plateau, déeor ajouré.

118 — Deux grandes jardinières de Chine avec couvercles bouquetières.

119 — Vase en vieux Sèvres, joli décor, monture en bronze.

120 — Très beau service en vieux Japon, composé de quarante-neuf assiettes rondes, vingt-huit octogones, neuf compotiers et un grand plat, décors variés (pourra être divisé).

121 — Tasse de Sèvres.

122-123 — Quatre petites lampes *ex-voto* argentées et dorées.

124 — Deux cornets Louis XVI, en bleu de Sèvres, monture en bronze.

125 — Deux candélabres formés de potiches de Chine d'où s'échappent des bouquets de lys, monture en bronze.

126 — Deux vases avec couvercle en porcelaine de Saxe, décor à personnages et à fleurs.

127 — Vase en ancien Satzuma.

128 — Deux groupes en porcelaine de Saxe.

129 — Deux statuettes en porcelaine de Saxe.

130 — Deux groupes en même porcelaine.

131 — Deux perroquets en porcelaine de Chine.

132 — Deux sabots en porcelaine de Saxe.

133 — Cornet en porcelaine de Chine bleue monture en bronze.

134 — Cornet en émail cloisonné. Travail indien.

135 — Jardinière en ivoire cloisonné du Japon, monture en bronze. (De la maison Girone).

136 — Grande cage en bambou, sur table console en laque et banbou.

137 — Aquarium en bois noir orné de cuivres, le dessous formant jardinière.

138 — Garniture de cheminée en bronze ciselé et doré, composée d'une pendule, deux candélabres et deux flambeaux. Style Louis XIV.

139 — Galerie de foyer analogue.

140 — Encrier en marbre noir, orné d'une statuette en bronze représentant Daguessau.

141 — Brasero en vieux cuivre.

142 — Paire de statuettes d'enfants, en porcelaine blanche de Saxe.

143 — Groupe en porcelaine de Saxe, représentant des enfants cassant une cruche.

144 — Statuette de personnages se tenant près d'une fontaine, en porcelaine blanche de Saxe.

145 — Deux grandes chimères, en vieux grès de Chine.

146 — Deux potiches en porcelaine de Chine, rouge d'or.

147 — Pendule, en bronze ciselé et doré. Époque Louis XVI.

148 — Deux chenêts en bronze doré.

149 — Lustre hollandais, ancien modèle à cygnes et rosaces.

150 — Plateau Empire en glace et bronze doré.

151 — Deux lampes, montées dans des potiches en satzuma.

152 — Éventail avec feuille peinte à la gouache, sujet pastoral.

153 — Service de bureau en émail.

154 — Potiche de Delft, décor Louis XV.

155 — Cornet de Delft ancien.

156 — Vide-poche en ancien verre de Venise supporté par une chimère.

157 — Deux éventails anciens, un monture nacre et l'autre monture en ivoire.

158-161 — Neuf éventails modernes.

162 — Deux éventails anciens.

163 — Quatre tasses et soucoupes en porcelaine du Japon, décor à paysages.

164 — Deux vases d'église en métal argenté repoussé. Époque Louis XIII.

165 — Plat en cuivre repoussé, représentant une scène du Nouveau Testament.

166 — Samovar en cuivre rouge.

167 — Deux vases en ancienne faïence Italienne, fond bleu, décor à bustes de personnages, branchages fleuris.

168 — Statuette en bois sculpté : *Saint-Jean*. XVIIe siècle.

169 — Coffre en bois sculpté, décor à ornements, Époque XVIIIe siècle.

170 — Deux colonnes en bois sculpté, décor à ceps de vigne s'enroulant autour d'un tors. XVIe siècle.

171 — Trois autres plus grandes.

172-176 — Lot de boiseries, chapiteaux, consoles, appliques, etc. (sera divisé).

177 — Autel ou tabernacle en bois sculpté, avec sujets en bas-relief et colonnes cannelées surmontées de chapiteaux. Epoque Louis XIII.

178-179 — Deux groupes bois sculpté et peint, XVIIe siècle.

180 — Groupe de deux paysans en terre cuite.

181 — Femme couchée en plâtre teinté.

182 — Pied de croix en vieux Nevers polychrome.

183 — Grand plat genre Sèvres, décor gros bleu et or, à médaillons et coquilles.

184 — Deux plats faïence d'Avignon relevé d'or. fond brun.

185 — Cartel en cuivre, XVIIe siècle.

186-191 — Sept pièces d'armes : arbalètes, pistolets, fauchard, épées, couleuvrine.

192 — Deux éperons et un mors en fer.

193 — Service de quatre pièces hors-d'œuvre, argent et ivoire.

194 — Six dessous de carafes argentés.

195 — Ménagère argentée de Christofle.

196 — Cheminée en cuivre.

197 — Grand lustre en bronze.

198 — Poudrière incomplète de Rouen, bleu sur blanc.

199 — Couvercle de soupière de Rouen à la corne.

200 — Bannette de Rouen polychrome.

201 — Bouteille de Nevers à oiseaux et feuillages en bleu.

202 — Petit plateau d'Hoechst à fleurs.

203 — Plaque de carrelage de Delft.

204 — Assiette ancienne en faïence.

205 — Coffret à ouvrage bois sculpté, attribué à BAYARD DE NANCY.

206 — Pîchet en étain.

207 — Vase en ancienne porcelaine de Chine, famille verte.

208 – Joli petit brûle-parfums en Satzuma, décor très fin à personnages.

209 — Deux grands vases du Japon, décor de guerriers sur fond rouge.

210 — Chimère portant un brûle-parfums, décor à fleurs et oiseaux, en relief, couvercle surmonté d'un personnage en bronze du Japon.

211 — Deux jardinières sur socles en faïence bleu turquoise, décor en or à dragons.

212 — Grand vase de Kioko, décor à personnages en polychrome.

213 — Meuble-étagère japonais en bois noir, portes en bronze incrusté d'oiseaux et de fleurs.

214 — Coupe de Satzuma, décor à personnages, monture bronze.

215 — Deux lampes formées par des figurines de de Japonais en bronze.

216 — Plat du Japon.

217 — Deux jolies potiches en ancienne porcelaine de Chine, décor en bleu à fleurs de pêchers.

218 — Potiche en ancienne porcelaine de Chine de la famille verte.

219 — Six coupes en jade.

220 — Joli vase en jade sculpté et évidé sur socle en bois sculpté.

221 — Deux grands et beaux vases en bronze du Japon, patine foncée, décor en relief à fleurs et oiseaux, anses formées par des têtes d'éléphants.

222 — Brûle-parfums en bronze du Japon.

223 — Deux vases en ancien bronze vert de Chine ornés d'incrustations d'agent.

224 — Brûle-parfums en ancien cuivre jaune, couvercle surmonté d'une chimère.

225 — Deux vases en bronze ciselé ornés de dragons en relief.

226 — Deux vases en kioto gris, décor à personnages.

227 — Grande paire de potiches fond rouge haricot.

228-229 — Quatre grandes appliques en bambons orné d'incrustations de nacre et ivoire, décor à personnages, fleurs et oiseaux.

230 — Deux brûle-parfums en faïence fauve, décor à guerriers.

231 — Deux bouddhas en bois sculpté.

232 — Sabre en os sculpté. Travail japonais.

233-237 — Collection de cinq cents estampes japonaises.

238 — Jolie miniature ovale : *La Marchande de fleurs*. Cadre en bronze ciselé.

239 — Miniature ovale : *Portrait de Madame Louise Elisabeth*, en robe de soie blanche.

240 — Miniature ovale : *Portrait de Mlle Lenormand*, représentée à mi-corps, appuyée sur un coussin et tenant un livre à la main.

241 — Miniature ; portrait de *Mme Sophie*, d'après NATTIER.

242 — Miniature sur ivoire : *Portrait de Mlle de Chartres*, princesse de Conty.

243 — Miniature sur ivoire représentant une baigneuse.

244 — Bonbonnière ornée d'une miniature.

245 — Miniature rectangulaire sur ivoire : *Portrait de Mme Marie-Louise-Thérèse de France*, d'après NATTIER.

246 — Miniature sur ivoire : *Portrait de Mme Henriette de Bourbon*, princesse de Conty, d'après NATTIER.

247 — Miniature rectangulaire sur ivoire : *Portrait de la Princesse de Bauffremont.*

248 — Grande bonbonnière en ivoire, ornée d'une miniature représentant une jeune femme décolletée, de l'époque Louis XVI.

BIJOUX

249. — Broche forme fer à cheval, composée de deux rangs de brillants et de quinze belles perles d'Orient.

250 — Broche forme feuilles de fougère, enrichie de diamants anciens.

251 — Bracelet chaîne en or enrichi d'un saphir cabochon étoilé, et de deux brillants anciens.

252 — Glace à main en or, ornée d'une miniature représentant *Léda* et enrichi de perles fines.

253 — Deux brillants solitaires montés en boucles d'oreilles.

254 — Paire de boutons d'oreilles en or, enrichis de deux perles fines et deux brillants.

255 — Bracelet en or, orné d'un rubis cabochon entouré de dix brillants.

256 — Epingle à chapeau forme poignard, enrichi de diamants.

257 — Saint-Esprit ancien en or émaillé et topazes.

258 — Deux pendeloques anciennes en or enrichi d'émeraudes.

259 — Collier et croix en cailloux du Rhin.

260 — Petite pendule en argent ciselé.

261 — Plateau en argent ancien.

262 — Cadre en vieil argent.

263 — Statuette de guerrier en argent. Epoque Louis XIV.

264 — Deux boucles anciennes en argent.

265 — Coupe à déguster en argent.

266 — Broche forme brouette avec hirondelles en diamants.

267 — Broche forme trèfle ornée de perles fausses et de brillants.

268 — Croix en or repercé enrichi d'une perle fine.

269 — Épingle de cravate en or enrichi d'un brillant de fantaisie entourée de brillants blancs.

270 — Broche forme pensée enrichie de turquoises de Perse et de diamants.

271 — Epingle de cravate en or ornée d'une perle fine.

272 — Montre en or émaillé vert à cylindre.

273 — Broche forme coquille enrichie d'une perle fine.

274 — Montre en or à remontoir.

275 — Broche en corail faceté.

276 — Bracelet en or enrichi de trente-huit brillants.

277 — Deux boutons d'oreilles ornés de deux perles fines entourées de trente brillants.

278 — Bague ornée d'une turquoise avec entourage de seize brillants.

279 — Bague forme jarretière enrichie de cinq brillants et entredeux en roses.

280 — Bague jumelle composée d'un brillant, un saphir et de huit petits brillants.

281 — Bague perle fine entre-deux brillants anciens.

282 — Bague formée d'une perle ronde entourée de neuf brillants.

283 — Perle grise entourée de dix brillants montée en bague.

284 — Broche forme barette, ornée de cinq perles et quatre brillants.

285 — Objets homis.

TABLEAUX

ANGELICO (attribué à L')

286 — *L'Annonciation.*

Petit panneau ovale.

AUBERT (d'après J.)

287 — *Le fil rompu.*

Gravure.

BULAND

288 — *Enfant lisant.*

CORGREBSO

289 — *La tempête.*

Aquarelle.

DAVID

290 — Nature morte.

DEVEDEU

291 — *Scène orientale.*

Esquisse.

FORET (P.)

292 — Nature morte : *Prunes, pêches, raisins et vidrecome.*

FORET (P.)

293 — Nature morte : *Huîtres et coupe.*

Deux pendants.

GRENET (Edward)

294 — *Fantaisie.*

GRENET (Edward)

295 — *Rêve* (Harmonie du soir).

GRILLET (A.)

296 — Paysages avec rivière : *Effets de nuit.*
Fusains. Deux pendants.

GRILLET (A.)

297 — *Paysage bord d'un lac.*
Fusain.

GRILLET (A.)

298 — *Paysage bord de rivière.*

GRILLET (A.)

299 — *Marine.*

HOWE (W.)

300 — *Vaches dans un paysage.*

LYNCH

301 — *Bretonne.*

MARILLIER (attribué à)

302 — *Sacrifice sur l'autel de l'Amour.*
Gouache.

MARILLIER (attribué à)

303 — *Berger présentant une pomme à l'Amour endormi.*

MOREAU LE JEUNE (attribué à)

304 — *Cupidon entouré par les amours.*

MOREL (C.)

305 — Paysage marécageux : *Effet de soleil couchant.*

MOSLER (Henry)

306 — Dessin.

PASSINI (attribué à)

307 — *Femmes au bain.*

ROLLA (Léon)

308 — *Intérieur de cour à Marlottes.*
Dessin à la sanguine.

ROSALBIN

309 — *L'Amour désarmé.*

VERNIER (J.)

310 — *Le bassin du canal à Anvers.*

ÉCOLE ANCIENNE

311 — *Enfants jouant avec une chèvre.*

312 — *Adoration de l'Enfant Jésus.*

313 — Scène allégorigue au *Nouveau Testament.*

314 — *La Fuite en Egypte.*

315 — *Madeleine lisant.*

Peinture sur cuivrc.

316 — *Scène galante pendant une partie de chasse.*

317 — *Moine et deux anges.*

318 — *Saint en prière.*

ÉCOLE FLAMANDE

319 — *Le Fumeur.*

ÉCOLE FLORENTINE

320 — *Vierge et l'Enfant.*

Panneau sur bois.

Cadre en bois sculpté.

ÉCOLE FRANÇAISE

321 — *Portrait de la reine Marie-Antoinette.*

Pastel.

Cadre bois sculpté.

ÉCOLE FRANÇAISE

322 — *Portrait du comte d'Artois* (Charles X).

ÉCOLE FRANÇAISE

323 — Paysage : *Effet d'orage.*

ÉCOLE FRANÇAISE

324 — *Déjeûner champêtre au bord d'une rivière.*

ÉCOLE FRANÇAISE

325 — Paysage : *le Pont.*

ÉCOLE ITALIENNE

326 — *Sainte Famille.*

Grand tableau.

ÉCOLE ITALIENNE

327 — *La Sainte Famille.*

Panneau sur bois.

Cadre en bois sculpté.

ÉCOLE ITALIENNE

328 — *Hallebardier de Venise.*

ÉCOLE DU XVe SIÈCLE

329 — *L'adoration des rois mages.*

Peinture sur panneau, fond d'or.

330 — *La Vierge et l'Enfant.*

Peinture sur panneau, fond d'or.

ÉCOLE MODERNE

331 — Paysage : *Laveuse près d'un moulin.*

ÉCOLE MODERNE

332 — Paysages d'Italie, animés de figurines et d'animaux.

Deux pendants de forme ovale.

ÉCOLE MODERNE

333 — *Oiseau sur une branche.*

Petit tableau en paille.

www.ingramcontent.com/pod-product-compliance
Ingram Content Group UK Ltd.
Pitfield, Milton Keynes, MK11 3LW, UK
UKHW020447180726
13839UKWH00004B/1685

9 782329 362731